periplaneta

NICOLAS SCHMIDT: „Dem Herrn Schmied sein Schuljahr“
1. Auflage, September 2015, Periplaneta Berlin, Edition MundWerk

Inh. Marion Alexa Müller, Postfach: 580 664, 10415 Berlinwww.periplaneta.com

Lektorat: Marion A. Müller
Cover und Illustrationen: Frederik Jehle
Satz & Layout: Thomas Manegold

Druck & Bindung: META Systems, Wustermark, Deutschland
Gedruckt auf FSC- und PEFC-zertifiziertem Werkdruckpapier

print ISBN: 978-3-943876-98-7

epub ISBN: 978-3-943876-99-4

Nicolas Schmidt

Dem Herrn Schmied sein Schuljahr

periplaneta

September

Fuck, alles unter Kontrolle!

„Hallo Herr Schmied, haben wir Sie dieses Schuljahr wieder in Englisch?"
„Nö, ich hab keinen Bock mehr auf euch gehabt. Ihr wart mir zu schlecht."
„Waaaas? Ich hab doch immer meine Hausaufgaben gemacht ..."
„... aber trotzdem nur Fünfer geschrieben."
„Sie sind voll gemein, Herr Schmied!"
„War doch nur Spaß, Yvonne. Einmal hattest du doch sogar 'n Vierer."
„Nee, das war in Französisch."
„Äh, okee. Jedenfalls hat euch dieses Jahr die Frau Küstenberger in Englisch."
„Wer?"
„Die Frau Küstenberger. Das ist 'ne Referendarin und sehr sehr nett."
„'Ne Refendarin? Das ist dann doch gar keine richtige Lehrerin. O Mann,

das Schuljahr fängt ja super an."

„Erstens heißt das ‚Referendarin' und zweitens sind die meistens richtig gut, weil die frisch von der Uni kommen und richtig Bock auf den Job haben und nicht immer denselben langweiligen Käse machen wie viele ältere Lehrer."

„So wie Sie?"

„Pass mal gut auf, Marco. Vielleicht nehm ich euch doch in Englisch, und dann schreiben wir diese Woche gleich 'ne Ex."

„Cool. Nehmen Sie dann die vom letzten Jahr?"

„Weißt du was, ich werde der Frau Küstenberger sagen, sie soll dich gleich von Anfang an hart rannehmen."

„Hart rannehmen? Cool! Ist die hübsch?"

„Marco, ich weiß ja nicht, was bei dir hormonell grad so abgeht …"

„Wir hatten bisher immer nur hässliche Refendarinnen."

„Hör jetzt auf, Marco. Das ist respektlos, und lustig ist es auch nicht. Und außerdem haben es Referendare eh schon schwer genug."

„Wieso? Die sind doch jung und noch viel näher dran an den Schülern."

„Das stimmt schon, aber das Problem ist, dass die zwei Jahre Referendariat für viele junge Lehrer 'ne beschissene Zeit sind. Wenn auch nur einer deiner Seminarlehrer ein schwieriger Typ ist, geschweige denn ein selbstverliebter Vollidiot, auch die gibt's, hast du die Arschkarte gezogen. Der hat dich voll in der Hand, und du kannst nix machen."

„Mir geht's hier an der Schule ganz oft auch so, Herr Schmied."

„Kein Wunder, Marco, so wie du dich aufführst. Aber der Unterschied ist noch, dass es bei den Referendaren ganz konkret um ihre berufliche Zukunft geht. Wer wird sich schon über seinen Seminarlehrer beschweren, wenn du weißt, dass die Noten, die er dir gibt, ganz entscheidend sind dafür, ob du 'n Job kriegst oder nicht. Also bist

du lieber still und machst, was der Seminarlehrer von dir will."
„Das ist ja fast so wie in der DDR."
„Nee, eher wie in Nordkorea, so vom Demokratiefaktor her."
„Naja, beim Wandertag haben Sie auch entschieden, wo wir hinfahren, ohne uns zu fragen."
„Also, erstens wolltet ihr eh bloß wieder in diesen bescheuerten Freizeitpark, und zweitens gibt's da schon noch 'n Unterschied: In Nordkorea wärst du mit deiner frechen Klappe schon längst hingerichtet worden, Marco."
„Das wär cool, Marco, mach mal Urlaub dort."
„Jedenfalls müssen die Referendare hart schuften, werden beschissen bezahlt und weder von den Schülern noch von den Eltern noch von den älteren Kollegen als richtige Lehrer angesehen. Und was für ein absurdes Zeug die machen müssen! Sinnlose Protokolle der Seminarstunden, Klassenanalysen bis ins kleinste Detail, völlig unrealistische Vorzeigestunden für die Lehrproben …"
„War das die Stunde, wo uns die Frau Läuens vorher genau gesagt hat, was drankommt, wer abgefragt wird und wer was sagen soll?"
„Und der Sascha hat nach 'ner falschen Antwort geweint und gemeint: ‚Aber Sie haben doch gestern gesagt, ich soll das sagen.'"
„Das war cool, die hat jedem von uns hinterher 'n Eis mitgebracht."
„Nee, dem Sascha nicht."
„Außerdem kriegen die Referendare die ganze Zeit Unterrichtsbesuche und fühlen sich dauernd kontrolliert …"
„Ooooh, eine Runde Mitleid."
„Selbst schuld."
„Hätten ja nicht Lehrer werden müssen …"
„… deshalb sind sie nach dem Referendariat froh, dass sie den Scheiß hinter sich haben und machen können, was sie wollen. Was

für ein beschissener Start ins Berufsleben! Kein Wunder, dass Lehrer Einzelkämpfer sind."

„Mein Bruder macht alle fertig, der kann Karate."

„Mein Bruder war auch froh, als das Abi rum war. Der hatte seit Anfang der Oberstufe kein' Bock mehr auf Schule. Und jetzt studiert er auf Lehramt, wegen den vielen Ferien."

„Super Idee, Stefan. Wart' mal, bis der ins Referendariat kommt. Aber jetzt wünsch' ich euch erstmal 'ne schöne erste Schulwoche. Und, wie gesagt, seid lieb zur Frau Küstenberger. Die ist wirklich gut drauf."

„Hehe, mal sehen."

„Halt die Klappe, Marco."

Oktober

Das Gegenteil ist richtig

„Herr Schmied, Sie haben doch mal gesagt: Nichts ist ohne sein Gegenteil wahr."

„Nein."

„Hä? Ich erinner mich noch genau. Sie haben das gesagt, als wir über den 11. September geredet haben."

„Das hab nicht ich gesagt, sondern Martin Walser."

„Wer? Edgar Wasser? ‚Ich geh auf Ebay und biete Parole / Pädophile Kannibalen essen Kinderportionen.'"

„Hör auf mit dem Scheiß, Hendrik. Über Pädophilie macht man keine dummen Witze."

„Wenn der Martin Wasser sagt, dass nix ohne sein Gegenteil wahr ist, gilt das dann auch für diesen Satz? Heißt das dann, dass der Satz nicht ohne sein Gegenteil wahr ist, also dass doch so manches ohne sein Gegenteil wahr ist beziehungsweise, dass der Satz so, wie er dasteht,

nicht richtig ist, weil er sein Gegenteil mitformulieren müsste, um wahr zu sein, es aber nicht tut?"

„Äh ..."

„Und soll das heißen, dass wenn man sagt, dass Al-Qaida für den 11. September verantwortlich ist, das nur wahr sein kann, wenn man das Gegenteil mit einbezieht, also dass Al-Qaida NICHT für den 11. September verantwortlich ist, sondern die CIA oder die RAF oder eben alle drei oder eben niemand? Wie soll denn das gehen?"

„Hendrik, was geht mit dir?"

„Und müssten Sie dann nicht sagen, dass man über Pädophilie keine dummen Witze machen darf und gleichzeitig doch? Ist das nicht kompletter Irrsinn?"

„Sag mal, Hendrik, hast du was geraucht?"

„Wieso, Herr Schmied? Wo der Hendrik recht hat, hat er recht und gleichzeitig unrecht."

„Kinder, jetzt kommt mal bitte runter ..."

„... und rauf ..."

„Benni, hör jetzt auf ..."

„... und ab ..."

„O Mann!"

„O Frau!"

„Nö, Kinder, Schluss mit dem Quatsch. Was der alte Walser sagen wollte, ist, dass man es sich im Leben nicht zu leicht machen sollte, gute alte Dialektik eben. Jedes gute Argument hat ein gutes Gegenargument, alles im Leben hat zwei Seiten, jede klare Definition wird der Komplexität der Dinge nicht gerecht und zerfällt sofort, wenn man sie für Wahrheit hält ..."

„... also zerfällt auch diese Definition, wenn man sie für Wahrheit hält? Heißt das, es gibt doch klare Definitionen, die der Komplexität der

Dinge gerecht werden?“
„Ja, diese zum Beispiel.“
„Sehr lustig, Herr Schmied.“
„Sehr unlustig, Herr Schmied.“
„Kinder, man darf sich diese Dialektik nicht als ein starres, statisches Pro und Kontra vorstellen. Diese Kehrseiten bedingen oft einander und würden ohne einander gar nicht existieren. So steckt in jedem Bösen 'was Gutes, und umgekehrt kann sich Schönes schnell zum Schlechten entwickeln.“
„Sind wir hier in Ethik oder was?“
„Herr Schmied, ich check das net.“
„Also, wenn ihr zum Beispiel in der Schule gut seid und so gut wie nichts lernen müsst und trotzdem gute Noten habt, dann scheint das ja 'ne super Sache zu sein. Aber es könnte sich im Nachhinein herausstellen, dass ihr dadurch, dass ihr nie gelernt habt, euch regelmäßig auf den Hosenboden zu setzen und diszipliniert zu lernen, es später im Studium, wo ihr das gebrauchen könntet, auch nicht schafft, ziellos vor euch hingammelt, nächtelang zockt, das Studium abbrecht, Alkoholiker werdet und in der Gosse landet.“
„Yeah, cool, nächtelang zocken. Tu' ich eh schon heimlich.“
„Herr Schmied, mein Bruder studiert noch und ist trotzdem jedes Wochenende hackedicht.“
„Was studiert er denn?“
„Brauereiwesen in Weihenstephan.“
„Ah, okee. Aber passt mal auf. Umgekehrt funktioniert das auch. Wenn man zum Beispiel bissl dümmer ist als die anderen …“
„Wie der Julian!“
„Hä? Wer? Ich?“
„Hör auf, Benni. Alles gut, Julian. Also, wenn einem Schule

schwerfällt und man dauernd zuhause lernen und üben muss, um einigermaßen mitzukommen, dann hat man's wirklich nicht leicht …"

„Gell, Julian?"

„Hä? Wer? Ich?"

„… aber vielleicht hilft die Fähigkeit, sich durchzukämpfen und dranzubleiben später mal im Studium, und man macht trotz schreiender Doofheit einen traumhaften Abschluss in Medizin oder Jura und kriegt 'n tollen Job und wird reich und glücklich."

„Hey Julian, du hast DOCH 'ne Zukunft."

„Hä? Wer? Ich?"

„Herr Schmied, kann man auch dumm UND unglücklich werden?"

„Ja klar."

„Und schlau und glücklich?"

„Logisch."

„Das heißt: Letztendlich ist alles möglich. Hammer Erkenntnis."

„Nein nein, es geht ja noch weiter: Der schlaue Gossensäufer wird durch diese existentielle Erfahrung des Scheiterns womöglich so zur Vernunft gebracht, dass er als buddhistischer Mönch in einem thailändischen Kloster fortan ein glückliches und erfülltes Leben führt. Der glückliche, aber dumme Mediziner hingegen wird durch seinen Reichtum und die Belanglosigkeit seines Lebens so abgestumpft, dass er Alkoholiker wird, seinen Job hinschmeißt und in der Gosse landet.

Und so kann das ewig weitergehen …"

„… bis einer weint …"

„… nee, bis einer stirbt. Dann ist Schluss mit Dialektik und Widersprüchen. Aber bis dahin bei jedem Gedanken schön das Gegenteil als Option mitdenken."

„Also auch bei dem, was Sie grad gesagt haben?"
„Hab ich doch vorhin schon gesagt."
„Sie haben doch gesagt, das Gegenteil ist richtig. Soll ich auch davon als Option das Gegenteil mitdenken?"
„Nein."
„Aber gerade haben Sie noch gesagt, dass …"
„Hä? Wer? Ich?"

November

Who's bad?

„Herr Schmied, waren Sie gestern auch auf der Demo gegen Pocahontas?"
„Gegen was bitte?"
„Fabi, das heißt Benita!"
„Schmarrn, Tequila!"
„Kinder, meint ihr etwa Pegida, die kleingeistigen angstzerfressenen Arschlöcher gegen Ausländer?"
„Hä? Kaaga? Spielt der nicht bei Dortmund?"
„Herr Schmied, mein Papa ist am Montag extra nach Dresden gefahren, um bei der Pekida mitzumachen."
„Muss der nicht arbeiten, Maik?"
„Nee, der ist arbeitslos seit zwei Jahren."
„Wo hat er denn gearbeitet?"
„Bei 'nem Sicherheitsdienst."

„Ach so, und sein Job wird jetzt von der Sharia Police gemacht."
„Keine Ahnung, jedenfalls sagt er, dass die Ausländer uns die Arbeitsplätze wegnehmen, und dass in Deutschland bald jeder islamisch reden muss."
„Na, vielleicht sollte ich das mal als Wahlfach nächstes Jahr anbieten. Dann verschont mich der Islamische Staat nach der Machtübernahme."
„Hä? War die nicht 1933?"
„Das waren die anderen Nazis. Die neuen Nazis haben so Hipsterbärte, sind aber gar nicht so verpeilt, wie sie ausschauen."
„Hipp? Ich hab Hunger!"
„Hipp hipp hurra."
„Aber Herr Schmied, der Herr Läuens hat gestern in Geschichte gesagt, die neuen Nazis sind alle bei Pekila."
„Aber der Läuens hat doch selbst 'ne Glatze."
„Obacht, Kinder. Ihr dürft nicht alle Glatzköpfe über einen Kamm scheren. Es gibt zum Beispiel auch Menschen, denen die Haare ausfallen, weil sie Leukämie haben …"
„Spielt der nicht bei Bremen?"
„… und die sind natürlich keine Nazis. Und bei Pegida sind auch nicht alle Nazis."
„Aber fast."
„Stimmt."
„Herr Schmied, irgendwie versteh' ich das net. Wenn die Islamisten Nazis sind und Begita auch, dann müssten die doch Freunde sein."
„Wenn's so einfach wäre, hätten wir ein Riesenproblem. Dann würden sich nämlich alle Nazis zusammenschließen und gemeinsam scheiße sein. Und das wär 'ne Massenbewegung, vor der man richtig Angst bekommen könnte. Das Problem der Nazis ist nur, dass

sich hinter ihrer Nazifassade meist gar kein geschlossenes nationalsozialistisches Weltbild verbirgt, sondern ein amorpher Hass auf alles und jeden und das Leben selbst. Und sie finden sich selbst scheiße. Und diesen existentiellen emotionalen Super-GAU betäuben sie durch Alkohol oder eben Hass oder ein männerbündisches Freundschaftsbild, das sofort in Aggression und Ausgrenzung umschlägt, wenn dieser vermeintliche Freund ihnen nicht bedingungslos bei allem zustimmt."

„Herr Schmied, der Timo hat dem Lukas gestern gesagt, dass er die Tanja aus der 8d so geil findet. Der Lukas hat dann gesagt, dass die Tanja hässlich wie die Nacht ist. Und dann hat der Timo dem Lukas eine reingehauen. Ist der also auch 'n Nazi?"

„Tschakka!"

„Hä? Spielt der nicht bei Gladbach?"

„Nee, Axel, der Timo ist kein Nazi. Man muss auch aufpassen, dass man nicht sofort jeden Menschen einen Nazi nennt, wenn er doch im Kern nur ein Arschloch ist."

„Ist ein Arschloch wohl weniger schlimm als ein Nazi?"

„Das kann man so nicht sagen. Ein Nazi ist immer auch ein Arschloch, aber ein Arschloch ist nicht automatisch ein Nazi."

„Wie wird man denn ein Arschloch, Herr Schmied?"

„Hmm, auch das ist schwer zu sagen. Zum einen ist es sicher Charaktersache, zum anderen vielleicht auch 'ne schwierige Kindheit oder fiese Erfahrungen oder'n psychischer Defekt. Und zum Teil entscheidet man sich vielleicht auch dafür, weil man die Macht spürt und genießt, die man als Arschloch ausübt."

„Und wie wird man Nazi?"

„So wie man ein Arschloch wird, plus: ein Faible für autoritäre politische Strukturen, rassistische Ideen, Sehnsucht nach Lebensraum im Osten und ein erotisches Verhältnis zu Hitler."

„Hä?"

„Und was ist mit den Islamisten?"

„Na, bei der Sorte von Arschlöchern kommt neben einer problematischen Vater-Sohn-Beziehung noch ein diffuser, aber in Teilen nicht ganz unberechtigter Hass auf westlichen Imperialismus und als Sahnehäubchen pseudoreligiöse Wahnvorstellungen dazu. Mohammed schämt sich so sehr für diesen Irrsinn in seinem Namen, dass er schon überlegt, sich als Feuerbach'sche Illusion zu outen."

„Hä? Spielt der nicht bei Köln?"

„Herr Schmied, kann man Nazis und Arschlöcher nicht verbieten?"

„Nee, Benny, bringt nix. Die ändern sich deswegen ja nicht. Ich verbiet dir ja auch, in der Schule dein Handy zu benutzen, und du tust es trotzdem."

„Wollen Sie sagen, dass ich ein Arschloch bin?"

„Was ich sagen will, ist, dass Arschlöcher und Nazis in einem freien Land zeigen dürfen, wie scheiße sie sind."

„Aber Herr Schmied, wir können doch eine Demo gegen die machen!"

„Au ja, ich bin dabei."

„Ich auch."

„Ich auch."

„Ich nicht."

„Arschloch."

Dezember

Das Christkind ist ein Mädchen

„Herr Schmied, glauben Sie an Weihnachten?"
„Wie meinst'n das, Carina?"
„Na, glauben Sie, dass es Weihnachten gibt?"
„Naja, bei mir zuhause schon. Und bei dir?"
„Och, meine Mama sagt, dass sie heuer Weihnachten ohne ‚h' schreibt."
„Hä?"
„Sie hat gemeint, dass sie so oft mit meinem Papa streitet, dass sie die ganze Zeit heulen muss."
„Herr Schmied, meine Mama hat letztes Jahr an Weihnachten auch dauernd geheult."
„Und warum?"
„Weil mein Papa gesagt hat, dass Weihnachten ausfällt."
„Ist dein Papa behindert, Dorian?"
„Hör auf, Lukas! Warum hat das dein Papa gesagt, Dorian?"

„Weil ich so'n Keks aus'm Bioladen nur angeknabbert hab' und ihn dann wieder zurück in die Schale gelegt hab'. Und dann hat mein Papa gesagt, ich soll ihn aufessen oder Weihnachten fällt aus."
„Und warum hast du ihn nicht einfach aufgegessen?"
„Weil er scheiße geschmeckt hat. Alles aus'm Bioladen schmeckt scheiße."
„Herr Schmied, die Ronja hat mir neulich 'n Müsliriegel aus'm Bioladen gegeben, und der war voll lecker!"
„Der war aus'm Aldi, du Spast, und außerdem war das 'n Balisto."
„Egal, der war auf jeden Fall voll lecker."
„Herr Schmied, tun wir bei uns in der Klasse wichteln?"
„Nö."
„Och bittttä!"
„Ach kommt, ihr Wichtel, ihr schenkt euch dann gegenseitig eh bloß Scheiße!"
„Nein, tun wir gar nicht, ich versprech's!"
„Herr Schmied, wissen Sie, was der Bruder von der Carina ihr beim Wichteln geschenkt hat?"
„Nö, was denn?"
„Hundekacke!"
„Mein Gott, das ist ja fürchterlich! Stimmt das, Carina?!"
„Nee, das war nicht Hundekacke, das war Kuhscheiße."
„Na dann. Aber warum hat er das gemacht?"
„Weil der Papa zu ihm mal gesagt hat, dass er 'n Haufen Scheiße ist."
„Herr Schmied, kennen Sie Eso dogg?"
„Wen bitte?"
„Eso Dogg!"
„Hey Marcel, der heißt Deso Dogg, du Depp."
„Ach Kinder, ist das nicht der schlechte Berliner Rapper Denis

Cuspert, der irgendwann keinen Bock mehr auf Drogen und Zuhälterei hatte und sich dann dem Salafismus zugewandt hat und jetzt im Heiligen Krieg in Syrien sterben möchte, und der ein gutes Beispiel für die unheilvolle Allianz aus beschissener Schulbildung, geistiger Behinderung und religiösem Fanatismus ist?"

„Hä? Salami?"

„Und, was ist mit dem?"

„Der hat 'n Weihnachtslied umgedichtet."

„Na, dann lass mal hören."

„Okee: Stille Nacht, scheiße Nacht …"

„Hör auf, das langt schon."

„Herr Schmied, kommt an Weihnachten eigentlich das Christkind oder der Nikolaus?"

„Na, der Nikolaus kommt doch schon am 6. Dezember."

„Aber wer bringt dann die ganzen Geschenke? Das Christkind ist doch 'n Mädchen."

„Spinnst du, Heiko? Das Christkind ist doch kein Mädchen! Jesus, JESUS hört sich das wie 'n Mädchen an?"

„Und warum hat die dann so lange blonde Locken?"

„Herr Schmied, ist das Christkind dann das Kind vom Weihnachtsmann?"

„Quatsch, der kommt doch immer zusammen mit dem Knecht Ruprecht!"

„Hä? Der NIKOLAUS kommt doch mit dem Knecht Ruprecht."

„Moment mal, Kinder, das ist 'n bissl kompliziert. Also:
Früher, im Mittelalter, haben die Kinder ihre Geschenke entweder am 6. Dezember, dem Nikolaustag, oder am Tag der unschuldigen Kinder, also am 28. Dezember gekriegt; die Bescherung an Heiligabend beziehungsweise am 25. Dezember gab es damals noch nicht. Martin Luther, das war der, der die evangelische

Kirche gegründet hat, hat dann im 16. Jahrhundert den Nikolaus durch das Christkind ersetzt und die Bescherung auf den ersten Weihnachtsfeiertag verlegt. Und in der Schweiz hat man sich die Geschenke bis ins 19. Jahrhundert erst am 1. Januar gegeben.
Passt auf, Kinder, jetzt wird's nochmal komplizierter: Einerseits wurde das Christkind in Norddeutschland bei den Protestanten immer mehr vom Weihnachtsmann abgelöst, andererseits hat das Christkind in der Schweiz immer mehr den katholischen wie auch protestantischen Nikolaus verdrängt. Und der Knecht Ruprecht ist der Gehilfe vom Nikolaus, der immer schimpft, manchmal aber auch so ´ne Mischung aus dem Weihnachtsmann und dem Nikolaus selbst."
„Herr Schmied, das check ich net. Wer bringt'n jetzt die Geschenke?"
„Du bist so dumm, Flo. Deine Mutter kauft die."
„Meine Mama hat gesagt, dass sie mir überhaupt keine Geschenke kauft, wenn ich an Weihnachten in Englisch nicht mindestens auf 'ner Vier steh."
„Herr Schmied, was heißt'n Nikolaus auf Englisch?"
„Santa Claus, aber das ist eher so ´ne Werbefigur für Coca-Cola."
„O cool, 'ne Cola. Da hätt ich jetzt voll Bock drauf."
„Nee, Kinder, sagt mal echt: Was wünscht ihr euch zu Weihnachten?"
„'Ne Fanta!"
„'N Balisto!"
„Yolo!"
„Das neue Blackberry Z 30!"
„Blackberry ist doch voll schwul, Chris! Meine Mama hat gesagt, dass das neue iPhone viel geiler ist!"
„Ja, aber die schreibt auch Weihnachten ohne ‚h'!"

Januar

Im neuen Jahr rette ich die Welt

„Herr Schmied, kennen Sie den fünften Elefant?“

„Es heißt ‚den fünften Elefanten‘, Leon. Aber hä? Was soll das sein?“

„Das ist 'n Film!“

„Ach so, du meinst wohl ‚Das Fünfte Element‘. Aber ist der nicht ab 16?“

„Keine Ahnung, aber ich mag so Snaff Movies.“

„Naja, 'n Snuff Movie ist das nicht gerade, aber ich glaub', ich muss mal mit deiner Mama über deinen Filmkonsum reden.“

„Na, die schaut die Filme doch immer zusammen mit mir an.“

„Äh, okee. Aber sag mal, Leon, was wolltest du eigentlich über ‚Das Fünfte Element‘ sagen?“

„Der kam an Weihnachten, und da hat die eine Frau mit den roten Haaren am Ende gesagt, dass sie die Welt nicht retten will, weil die Menschen so böse sind.“

„Ja und?"
„Finden Sie auch, dass die Menschen böse sind?"
„Wenn ich das finden würde, warum würde ich dann hier vor euch stehen? Und außerdem wäre die Welt dann doch am Ende des Films zerstört worden, und es gäbe jetzt keine Menschen mehr und keine DVD-Player und keine Schule und keine Ferien und keine Bundesliga."
„Aber das ist doch nur 'n Film, das passiert gar nicht in echt!"
„Ja, aber schau, Leon, die Welt ist ja außerdem am Ende des Films gerettet worden, und weißt du noch wie?"
„Weil der Bruce Willis die Rothaarige gebumst hat."
„Fast, Leon, fast. Durch die Liebe. Die Liebe hat die Welt gerettet, und sie tut es jeden verdammten Tag. Stellt euch mal 'ne Welt ohne Liebe vor. Jeder würde nur dann was machen, wenn es ihm was bringt, also Geld oder Ruhm oder irgend'n anderen Vorteil, und nicht, weil er Bock drauf hat oder er anderen was Gutes tun will."
„Sie kriegen doch auch Geld als Lehrer."
„Naja, nur weil ich für etwas bezahlt werde, heißt das ja nicht, dass ich es nicht lieben kann."
„Sie können Ihr Geld ja mir geben, ich kauf mir dann Snaff Movies, ich liebe Snaff Movies!"
„Herr Schmied, mein Papa sagt, wenn man nicht schaut, wo man bleibt, bringt man's zu nichts im Leben."
„Na, dein Papa hat schon recht, Lucas. Man muss schon wissen, was man kann und was einem gut tut, und welche Ziele man hat, und dass man sich anstrengen muss, wenn man was erreichen möchte im Leben."
„Ja, und er sagt auch, dass alle, die keinen Job haben, faule nutzlose Arschlöcher sind, die dem Steuerzahler auf der Tasche liegen."

„Ist dein Vater in der FDP?"
„Ja, wieso?"
„Och, nur so."
„Ja, aber es ist doch so, Herr Schmied! Wenn ich weiß, dass es mir nix bringt, warum soll ich mich dann anstrengen?"
„Wenn du so ein Menschenbild hast, Lucas, dann wär es vielleicht besser gewesen, die Welt wäre am Ende des ‚Fünften Elementes' zerstört worden."
„Hä? Ich denk, das ist nur 'n Film!?"
„Ist es ja auch, Tanja, aber vielleicht können wir uns alle im richtigen Leben vornehmen, erstmal ans Gute im Menschen zu glauben, und an die Liebe. Die Welt ist verblüffend voll mit guten Menschen und guten Vibrations, man muss es nur sehen wollen."
„Ist das Ihr Vorsatz fürs neue Jahr, Herr Schmied?"
„Ja, so ungefähr. Ich möchte mehr das Positive betonen und nicht dauernd rummeckern …"
„Warum maulen Sie mich dann die ganze Zeit an?"
„Weil du dauernd schwätzt, Sascha, aber nicht mehr so viel wie letztes Jahr, find' ich gut, weiter so …
Und ich grüße all die da draußen, die anders sind, die Eckigen in den runden Löchern, die Marty-Feldman-Gesichter, die Ausgegrenzten, die Sonderlinge, die Misfits, die Loser, die Armen, die Hässlichen, die Alten, die Ungeschickten, die Unbegabten, die Uncleveren, die Langsamen, die Überforderten, die Ängstlichen, die mit den falschen Freunden und die ohne, die im Schatten stehen, die Einsamen und die Traurigen. Erst wenn ihr vergessen seid, hat die rothaarige Frau recht, und die Welt ist es nicht mehr wert, gerettet zu werden."
„Yeah, snaff snaff!"

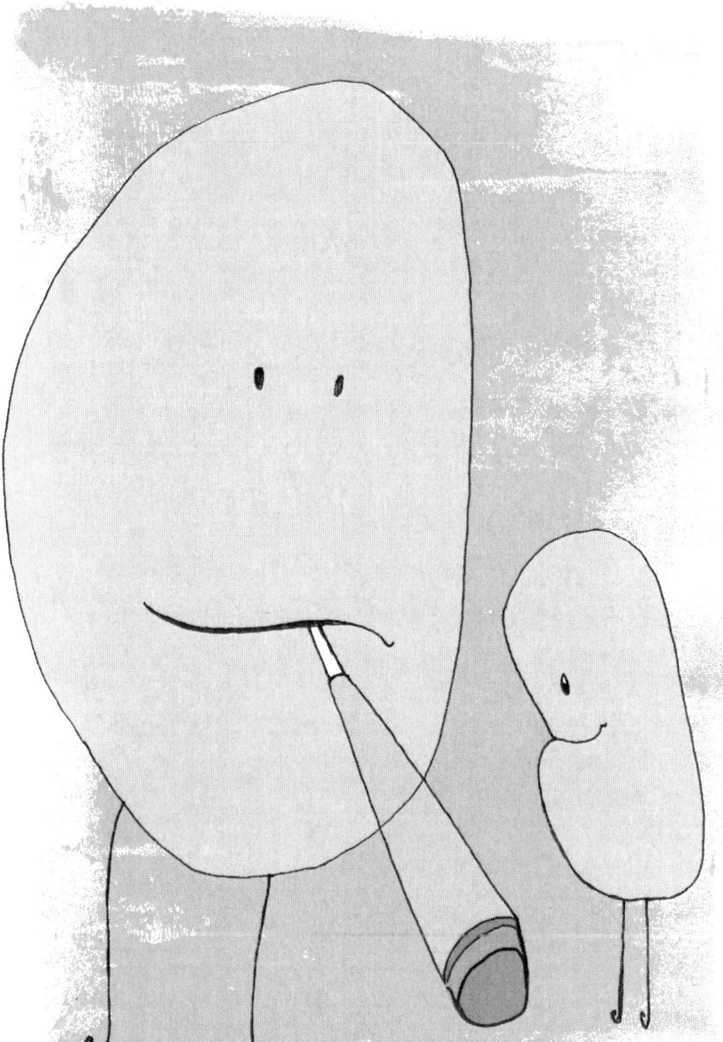

Februar

Kann ich mal bitte Feuer haben?

„Herr Schmied, rauchen Sie eigentlich?"
„Nö."
„Ich rauch' auch nicht."
„Da bin ich aber froh. Du bist ja aber auch erst vierzehn."
„Also, mein Bruder ist sechzehn, und der raucht schon seit drei Jahren."
„Und was sagt da eure Mama dazu?"
„Die sagt, sie ist froh, wenn er nicht heimlich raucht. Und wenn er nicht sein Zeugnis raucht."
„Bitte?!"
„Na, das gibt's so'n Leonidas in Berlin, und der will, dass ganz viele Schüler ihr Zeugnis rauchen."
„Hä? Zeugnispapier schmeckt doch voll scheiße."
„Der soll das ja auch nicht essen, du Idiot."
„Ben, weißt du auch, warum die ihr Zeugnis rauchen sollen?"

„Weil der Leonidas Schule kacke findet."
„Ich find' Schule auch kacke …"
„Aber ich hoffe, du fängst deswegen nicht das Rauchen an, Timo."
„Jedenfalls hat mein Bruder gesagt, dass er, wenn nächste Woche sein Zwischenzeugnis scheiße ist, zum Fenster geht und rausschreit: ‚Ihr könnt mich alle am Arsch lecken. Ich lass mir das nicht mehr länger gefallen!' Und dann will er zum Leonidas, weil der mit dem Bus in ganz Deutschland rumfährt, und da will er dann sein Zeugnis rauchen."
„Dein Bruder ist so'n Spast, Ben."
„Voll! Ich hab mir mal die Webseite vom Leonidas angeschaut, und der sagt, der gibt dir 'n Job, und du verdienst 3000 Euro im Monat, wenn du die Schule abbrichst …"
„Mach ich sofort!"
„Super Idee, Timo! Reich statt nikotinabhängig."
„Hey Timo, du bist so 'n Depp! Ohne 'n Abschluss kriegst du nie 'n coolen Job."
„Brauch' ich auch nicht, wenn ich 3.000 Euro verdien'. Und außerdem hat mein Vater 'n Uni-Abschluss und auch keinen Job, nicht mal 'n uncoolen."
„Da hätt' er mal Lehrer werden sollen …"
„Sehr witzig, Herr Schmied."
„Sorry, Martin, war nicht bös' gemeint."
„Also, mein Papa hat gesagt, er war immer der Beste in der Klasse, und jetzt arbeitet er bei der Raiffeisenbank und verdient richtig viel …"
„Seht ihr, Kinder, es lohnt sich schon, gute Zeugnisse zu haben …"
„… aber mein Papa findet seinen Job richtig scheiße und geht jetzt für zwei Monate in so 'ne Burnout-Klinik."
„Alter, Ich bln auch voll ausgebrannt. Wenn das zweite Halbjahr so heftig wird wie das Erste …"

„Hä? Du zockst doch Tag und Nacht ‚Skyrim', Axel. Machst du überhaupt irgendwas für die Schule?"
„Wollt' ich eh fragen, Axel, zeigst du mir bitte noch die Hausaufgabe vom letzten Mal?"
„O Shit, Herr Schmied, ich hab gestern 'n Pfeil ins Knie gekriegt, und außerdem: Wo ist der Stress? Ich hab fast nur gute Noten im Zwischenzeugnis. Warum soll ich mich da noch mehr anstrengen?"
„Weil es in der Schule vielleicht um mehr geht als um Noten?"
„Vorhin haben Sie noch gesagt: Hauptsache, man hat 'n gutes Zeugnis."
„Nein, ich hab gesagt, es schadet nicht. Aber meinst du, ich bin nur Lehrer geworden, um euch zu helfen, am Ende diesen Wisch zu kriegen?"
„Ja klar, warum sonst?"
„Du bist nicht deine Schulnoten, Axel."
„Herr Schmied, das sagt der Leonidas auch! Und dass die Schule die Kinder dazu erzieht, ein System gut zu finden, mit dem die Erwachsenen selbst unglücklich geworden sind."
„Ach was! Ich will nicht, dass ihr unglücklich seid. Ich will, dass ihr später in der Lage seid, eures eigenen Glückes Schmied zu werden. Und dazu müsst ihr nicht eure Zeugnisse rauchen."
„Herr Schmied, ich hab voll Schiss vorm Zwischenzeugnis. Mein Papa hat gesagt, wenn er mehr als einen Fünfer in meinem Zeugnis findet, krieg' ich zum Geburtstag kein iPhone. Aber wenn's kein Zeugnis gibt, kann er ja auch nichts machen. Ich find' das super mit dem Zeugnisrauchen."
„Ja, aber ohne Zeugnis kannst du dich nirgends bewerben, und studieren kannst du auch nicht."
„Du bist so dämlich, Paula, wenn ich will, kann ich mir im Sekretariat 'n neues ausdrucken lassen."

„Und du bist so ein Spießer, Lorenz. Wenn ihr die Schule schon abbrechen wollt, der Timo und du, dann macht's aber auch richtig, nicht so mit Hintertürchen. Ihr seid eh zu blöd für die Schule."

„Kinder bitte, ich kann's nicht mehr hören. Immer sagt an der Schule irgendwer zu irgendwem, dass er dumm ist. Entweder es sind die Lehrer, die euch durch schlechte Noten das Gefühl geben, ihr seid doof. Oder ihr würgt 's euch gleich gegenseitig rein. Und wenn einer von euch mal was Schlaues sagt, wird er nicht von den anderen gefeiert, sondern als Streber und Schleimer niedergemacht. Wie hohl seid ihr eigentlich?

Schule könnte so cool sein: 'N Haufen nette und fähige Menschen, die euch Sachen beibringen möchten, die ihr entweder interessant findet oder euch später mal nützen können, im besten Falle beides. Und wenn einem ein Fach gar nicht taugt, dann quält man sich halt mal durch und setzt sich auf den Hosenboden. Jeder von euch ist in irgendwas begabt, und in irgendwas anderem halt nicht! So what!? Dann muss man sich halt 'n bissl mehr anstrengen. Und ja: Das kann nerven! Und ja: Das kann frustrieren! Aber wo ist das Problem? Mund abputzen und weiter geht's! Aber nein: Jeder von euch schielt auf die nächste Note und aufs nächste Zeugnis. Cool, 'ne Drei in Deutsch, das langt mir. Muss ich nix mehr machen. Scheiße, 'ne Fünf in Englisch, dabei lern' ich jeden Tag 'ne Stunde. Hab ich auch keinen Bock mehr.

Was soll das sein? Eine Vorbereitung auf die Welt da draußen? Aufs wahre Leben? Die überraschende Antwort lautet: Ja, das ist es. Aber nur, wenn man darunter das möglichst reibungslose Funktionieren und Anpassen an Zwänge versteht, und die pragmatische Bewältigung von Stresssituationen.

Kein Wunder also, wenn ihr zu konsumorientierten Zombies einer gescheiterten Gesellschaft werdet, die am Ende doch was gelernt haben: dass ohne Geld nichts geht."

„Genau dasselbe sagt der Leonidas auch. Also finden Sie auch, dass man die Schule abbrechen sollte?"

„Nein, ich finde, dass man Noten und Zeugnisse als das sehen sollte, was sie sind: statische Stempel, die vielleicht mal notwendig waren, um Schüler vor der Willkür selbstherrlicher und von ihrer Macht und Autorität besoffener Lehrer zu schützen, die aber im Laufe der Zeit eine verrückte Eigendynamik entwickelt haben und uns vorgaukeln, sie seien der Schlüssel zu einem besseren Leben. Dabei vergiften sie unsere Herzen und Köpfe."

„Aber Herr Schmied, mein Papa sagt, irgendwie müssen doch die Menschen selektiert werden."

„Selektiert? Irgendwoher kenn ich das Wort. Äh ja, ich glaub', ich geh jetzt erstmal eine rauchen."

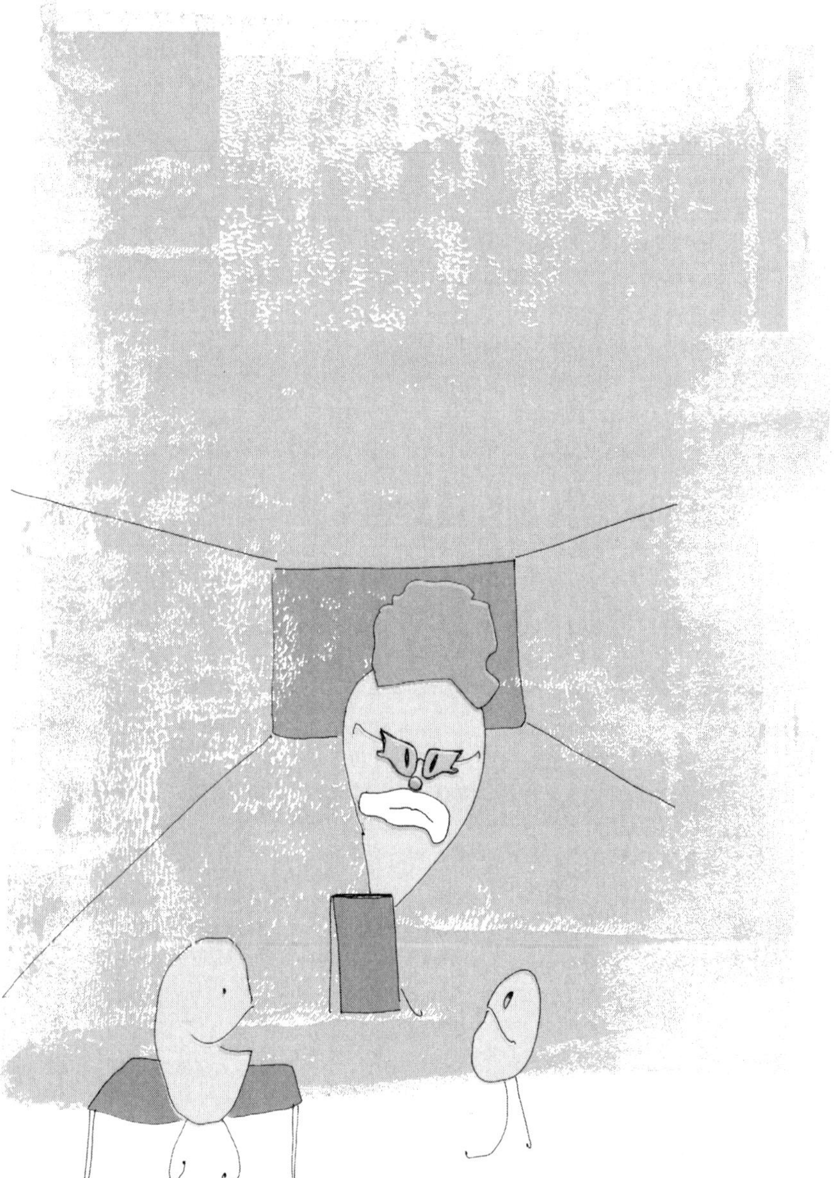

März

Runter mit der Maske!

„Herr Schmied, als was gehen Sie an Fasching?"
„Ach Daniel, ich hasse Fasching!"
„Echt? Warum jetzt?"
„Na, die Leute ziehen sich so affig an und machen so 'ne Scheißpolonaise und sind so hammergut gelaunt. Fürch-ter-lich!"
„Herr Schmied, was ist 'ne Pullernese?"
„Da fassen sich diese ekligen Grinsegesichter von hinten an die Schulter und laufen dann so nazischunkelmäßig durch den Faschingssaal und die ganzen Luftschlangen, nee, sorry – Hölle!"
„Was haben Sie denn dagegen, wenn man fröhlich ist?"
„Ich hab überhaupt nichts dagegen, ganz im Gegenteil. Ich wünsch mir viel mehr fröhliche Gesichter hier an der Schule."
„Aber warum maulen Sie dann die ganze Zeit so rum, wenn ich Sie

einfach nur frag', wie Sie sich an Fasching verkleiden?"

„Weil ich das für unecht und aufgesetzt halte. Einmal im Jahr packen die Leute auf Kommando ihre Perücken und Kostüme aus und knipsen auf Knopfdruck ihr gefaktes Lächeln an und wackeln total ausgelassen mit dem Arsch. Das ist so typisch deutsch!"

„Aber die in Brasilien machen das auch!"

„Na, die spielen auch inzwischen sehr deutschen Fußball."

„Herr Schmied, ich geh' dieses Jahr als Mehmet Özil auf'n Fasching."

„Hey Borat, der heißt nicht Mehmet, der heißt Mesut."

„Ist egal, Hauptsache Türkei, außerdem bin ich ja auch nicht der richtige Özil."

„Herr Schmied, meine Mama hat gesagt, ich darf mich heuer an Fasching als Katze schminken."

„So wie deine Mama das ganze Jahr über ausschaut?"

„Das stimmt überhaupt nicht, du Mongo. Deine Mama kann dafür als Vogelscheuche gehen oder als Leiche oder als Missbrauchsopfer."

„Selber Opfer!"

„Kinder, hört auf jetzt. Jeder darf sich an Fasching verkleiden, wie er will."

„Hä? Grad haben Sie noch gesagt, dass Sie Fasching scheiße finden."

„Was ich meinte, war, dass ich dieses dämliche Getue so nervig finde, also diese Unehrlichkeit, und dass jeder im Alltag immer mit so 'ner Maske rumrennt."

„Herr Schmied, ich hab so'ne Freddy-Krüger-Maske daheim …"

„… ich meine, jeder von uns spielt doch im Alltag 'ne Rolle, das ist ja auch kein Stress, solange man irgendwie authentisch bleibt."

„Was heißt authentisch, Herr Schmied?"

„Das heißt … äh … dass man nicht versucht, was zu sein, was man eigentlich gar nicht ist, dass man also man selber bleibt."

„Hä, ich bin doch keine Katze!"
„Aber deine Mama ist 'n Opfer!"
„Kinder, ich mein' doch nicht im Fasching, sondern zum Beispiel hier in der Schule."
„Ich geh' als Hausmeister!"
„Geh' halt als schlechter Schüler, du Spasti, das passt zu dir."
„Jetzt hört endlich auf, euch gegenseitig anzumaulen!"
„Wieso? Ich mein' das wirklich so, und Sie haben gesagt, man soll so sein, wie man ist."
„O Mann! Ich will doch nur, dass man nicht dauernd so tun muss, als ob alles immer in Ordnung sei, weil man Angst davor hat, dass man komisch rüberkommt oder weil das jemand ausnutzen könnte. Ich hab das Gefühl, dass hier an der Schule so viele Schüler und Lehrer Mauern um sich herum aufbauen, um keine Schwächen zu zeigen, und die laufen dann wie Zombies rum …"
„Au ja, Herr Schmied, ich geh als Zombie!"
„… anstatt sich so zu geben, wie sie wirklich sind."
„Tun Sie das immer, Herr Schmied?"
„Ich … äh … versuch's zumindest. Ich bin doch erstmal 'n Mensch wie jeder hier."
„Aber Sie haben doch gesagt, es ist normal, dass man 'ne Rolle spielt."
„Also, wenn ich sauer bin, dass ihr zum dritten Mal euer Englischbuch vergessen habt, dann … äh … bin ich auch wirklich sauer."
„Is' klar."
„Kinder, was soll denn das jetzt? Ich hab' einfach keinen Bock, Teil eines riesengroßen Lügengebäudes zu sein. Im Kleinen wie im Großen wird hier die ganze Zeit geschwindelt. Ihr versucht, euch mit möglichst geringem Aufwand durchzumogeln und schleimt

rum wie Nacktschnecken, und von oben wollen sie uns weismachen, dass dieser durchbürokratisierte Schulalltag mit der ganzen Scheiße wie dem G8, Individualisierungsstrategien, Flexijahr, Jahrgangsstufentests, Evaluationskonzepten, und was sie sich sonst noch alles für Schwachsinn aus den Fingern saugen, irgendwas mit Bildung und Leistung und Inspiration zu tun hat. Alles Lüge."

„Also, ich geh' als Pinocchio."

„Und ich als Weinbergschnecke."

„Und ich als Wanderprediger."

April

Technik macht Schule

„Komm, lass mich mal durch bitte, und mach dein Handy aus, Lorenz. Du weißt, dass du …"
„Meine Mama hat gesagt, ich darf …"
„Du, ist mir ziemlich schnuppe, was deine Mama sagt, mach dein Handy in der Schule bitte aus."
„Außerdem hat die Frau Herzing gesagt, wir dürfen heute in Deutsch unser Handy benutzen."
„Äh, okee, na dann."

„Herr Schmied, sind Sie Facebook?"
„Wie: Bin ich Facebook?"
„Na, hamm Sie 'n Facebook-Account?"
„Ja, so halb."
„Wie so halb? Hamm Sie jetzt eins oder nicht?"

„Naja, ich hab schon eins, aber ich schau nicht oft rein. Ich glaub, ich hab sogar mein Passwort vergessen."
„Wollen Sie mein Freund sein auf Facebook?"
„Nee, lass ma', Fabi."
„Och schade."

„Leute, darf ich mal da ran bitte, ich brauch' dringend 'nen Kaffee."
„Aber Schmiedi, du weißt, dass die Maschine seit gestern nur noch digital läuft! Hast du dir im Sekretariat so 'ne Dallmayr-Chipkarte bestellt? Sonst kannst du deinen Kaffee vergessen."
„Was is'n das für'n Schwachsinn? Darf ich mir deine mal ausleihen, Claudia?"
„Nö, vergiss es."
„Ja super, danke. Ach äh, Max, schaust du bitte grad mal, ob ich auf dem Vertretungsplan steh'?"
„Warte mal, der Bildschirm hängt grad'. Warte ma', warte ma', warte ma' … Nee, sorry, da kommen nur Nullen und Einser."
„Hä? Naja. Du Anja, ist der Kopierer frei?"
„Nee, der ist kaputt."
„Hä? Gestern ging der doch noch!?"
„Ja, richtig, gestern ging der noch. Jetzt geht er nicht mehr. Außerdem hast du doch dein Monatskontingent eh schon aufgebraucht. Du darfst gar nicht mehr kopieren."
„Ja Shit. Kann ich'n paar Kopien auf deine Karte machen? Oder warte mal, vielleicht mach ich einfach mal was mit'm Buch."

„Herr Schmied, kurz noch, hamm Sie die Teilzeiterklärung schon unterschrieben? … Aber Sie können's auch gern online machen. Gehen Sie einfach auf www.fxpostmann-gymnasium.acab-isb.de/

kohle/sofort, loggen Sie sich ein mit Ihrem Vor- und Nachnamen, dem Mädchennamen Ihrer Frau, Ihrer NSA-Kennziffer und Ihrer Philologenverbandspersonalnummer, und dann ist es kinderleicht ...“
„Äh, gut, danke Frau Wagner-Schellenberg. Könnten Sie mir so'n Merkblatt nochmal kurz ausdrucken und ins Fach legen?“
„Nee, unser Drucker im Sekretariat wird heute ausgetauscht.“
„Gut äh, dann komm' ich in der Pause.“

„Ach komm, wo ist denn jetzt die Laptop-Beamer-Kombi? Ich hab' mich doch gestern extra dafür eingetragen.“
„Du Schmiedi, ich glaub', die hat die Manuela mit in den Unterricht genommen, weil sie die dringend gebraucht hat.“
„Na klasse, was soll denn das?“
„Aber mach dir kein' Stress, Schmiedi, das VGA-Kabel fehlt eh seit 'n paar Wochen, das Ding hätt'ste eh nicht benutzen können. Aber was ist denn mit dem Whiteboard in Raum 043? Das ist doch nagelneu.“
„Da hat 'n Kollege gestern mit 'nem roten Boardmarker draufgeschrieben, und jetzt ist das Ding kaputt.“
„Dann nimm halt einfach wieder den Overhead-Projektor. Steht doch einer in jedem Klassenzimmer.“
„Komm, ich nehm' seit 20 Jahren dieselbe Folie, die ist so fertig inzwischen, da dacht' ich mir, ich mach mal was Neues. O Mann, was mach ich denn jetzt?“
„Geh halt in den Mehrzweckraum und zeig irgend 'n Film.“
„Haben wir da noch 'n VHS-Rekorder?“
„'N was?“
„V H S! Mit diesen großen Kassetten und so.“
„Da stand so 'n Klotz rum, aber ich glaub', der war kaputt.“
„Drück halt mal auf PLAY.“

„Sehr witzig. Nee, auf dem Ding ist schon soo 'ne Staubschicht drauf."
„Was meinste: Vielleicht kann das 'n Schüler reparieren?"
„Ach was, dass Schüler irgendwas reparieren können, ist der größte Schulmythos seit der These, dass Noten was mit Bildung zu tun haben."
„Hör auf! Lass mich bitte morgens um zehn nach acht mit Systemkritik in Ruh! Ich will doch nur 'n Laptop mit Beamer!"

„Schmiedi, sag mal, geht der Notenmanager jetzt schon? Ich wollte die Noten von der einen Englisch-Schulaufgabe eintragen, weil doch bald Notenschluss ist, aber irgendwie bin ich nicht in dieses blöde System gekommen. Weißte was, ich hab jetzt die Noten einfach wie früher per Hand in den Notenordner im Sekretariat eingetragen."
„Du Bernd, aber wir haben gar keine Notenordner mehr. Das läuft jetzt alles digital."
„Ach, echt jetzt?"
„Bernd, ich frag' mich, wie ihr früher den Schulalltag ohne die ganze neue Technik hingekriegt habt."
„Weiß ich auch nicht."

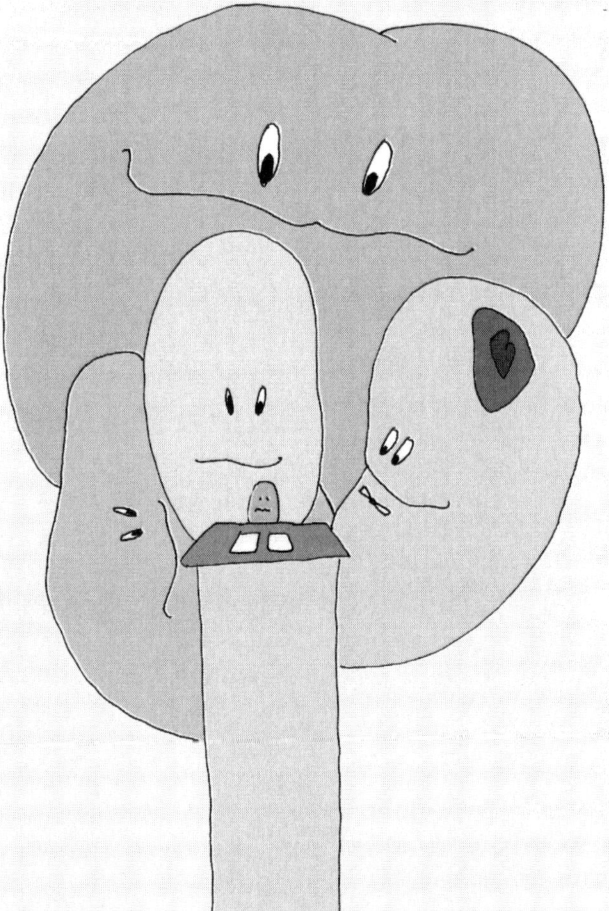

Mai

Wo bleibt unser Vertretungslehrer?

„Herr Schmied, sind Sie auch beim Pidologenverband?"
„Bei wem bitte, Jonas? Meinst du vielleicht den Philologenverband?"
„Also, mein Papa ist da nämlich Mitglied und meint, dass jeder Lehrer, der 'ne gute Schule will, da auch mitmachen soll."
„Dann sag mal deinem Papa, dass jeder Lehrer, der 'ne gute Schule will, da austreten soll."
„Hä? Das ist ja genau das Gegenteil von dem, was mein Papa sagt."
„Exakt, Jonas. Und sag ihm auch, dass der Philologenverband ein träger Haufen obrigkeitshöriger Spießer ist, dem es primär darum geht, eigene Pfründe zu sichern und zu schauen, dass sich nichts ändert."
„Aber mein Papa sagt, dass die jetzt auch wieder für 'n längeres Gymnasium sind."
„Das war aber auch wirklich 'n revolutionärer Move, sich zum ersten

Mal in 65 Jahren gegen die bayerische Staatsregierung zu stellen."

„Sind Sie auch für das G9, Herr Schmied?"

„Ja klar."

„Warum sind Sie dann nicht bei den Pidologen?"

„Weil die ein ganz anderes Bild von Schule haben als ich. Die labern was von wegen Erwerb kognitiver Fähigkeiten und fachlichem Knowhow und selbständigem Arbeiten und werteorientiertem Denken bla bla bla. Das ist so abgehoben und unrealistisch. Die haben keine Ahnung, wie es an der Schule wirklich aussieht. Und ihr Schüler seid denen eh scheißegal."

„Aber mein Papa hat mir 'n Buch von einem Pidologen-Typen geschenkt, und das heißt: ‚Der Pisa-Schwindel. Unsere Kinder sind besser als ihr Ruf' …"

„Ja, das kenn ich schon, das ist vom Kraus, das ist wirklich der Feisteste von allen. Was der eigentlich meint, ist: Unsere Lehrer sind besser als ihr Ruf."

„Was finden Sie daran so schlimm?"

„Dass es dem Typen nicht um ehrliche Anerkennung geht, sondern um selbstgerechtes Gepose. Da feiert er sich als Kämpfer mit Herz gegen die ökonomische Verwertbarkeit von Schulbildung, und im gleichen Atemzug schwafelt er hochmütig von der fachwissenschaftlichen, fachdidaktischen, gymnasial-pädagogisch-psychologischen Kompetenz der Lehrer und propagiert ein ekelhaft elitäres gymnasiales Bildungsverständnis."

„Was haben Sie denn gegen das Gymnasium, Herr Schmied? Sie sind doch selber auf einem."

„Ich hab gar nichts gegen das Gymnasium, ich hab auch nichts gegen Lernen und gegen gute Noten, im Gegenteil. Ich freu' mich über jeden, der ein gutes Abi schreibt. Aber in ein paar Wochen werden auf der Abifeier wieder ganz groß die 1,0-Schüler herausgestellt, und damit will sich die Schule doch nur selber feiern. Seht her, wie wir diese Schüler zu Topleistungen angespornt haben! Dabei brauchen uns diese oberen 10% überhaupt nicht. Wer uns bräuchte, sind die 70-80% Mainstream. Die aber hangeln sich mehr oder minder uninspiriert durch, bis sie den Wisch haben. Kein Wunder, dass wir die nicht feiern!"

„Sie sind heute aber schlechtgelaunt, Herr Schmied!"

„Weißt du, Jonas, das ist aber auch anstrengend, wenn du dich tagein tagaus mit Hunderten von anstrengenden Freaks rumschlägst, für die das wahre Leben nach der Schule anfängt oder die nur auf Noten schielen, du dir nachts die Augen blutig korrigierst, du immer wieder versuchst, dir was Neues für den Unterricht einfallen zu lassen, du immer mehr mit bürokratischem Irrsinn überschüttet wirst, der allein schon ADHS bei dir auslöst, du natürlich in ständigem Austausch mit Kollegen, Schulleitung und Eltern sein sollst, du in den Pausen entweder Aufsicht oder nervige Gespräche am Bein hast, du in den Freistunden gleich 'ne Vertretung aufs Auge gedrückt bekommst und du dich am Ende weinend in den miefigen Erdkunde-Kartenraum zurückziehst, um einfach nur ein paar Minuten für dich zu sein ..."

„Mein Beileid, Herr Schmied."

„Danke, Jonas, du mich auch. Und wenn du dann merkst, dass diejenigen, die eigentlich auf deiner Seite stehen sollten, so wie der Philologenverband, nur darauf aus sind, die Verhältnisse zu zementieren, die das eigentliche Übel an der Schule darstellen, ist das nicht logisch, dass du da schlechte Laune kriegst?"

„Sie haben uns mal gesagt, dass man sich nicht als Opfer der Umstände sehen sollte, sondern selbst verantwortlich ist für sein Schicksal."

„Hast schon recht, Jonas, ist halt grad alles bisschen viel."
„Mein Papa sagt, dass sich die Pidologen auch dafür einsetzen, dass die Lehrer keinen Burnout kriegen."
„Echt jetzt? Dann bring mir doch mal morgen ein Beitrittsformular mit …"

Juni

Nein, kein Sommermärchen

„Herr Schmied, machen wir heute draußen Unterricht? Es ist soooo heiß!"
„Nein. Ich brauch heute den Overheadprojektor und die Tafel."
„Aber der Herr Harrer hat uns doch erlaubt, seinen VW-Bus als Tafel zu nehmen."
„Ich hab nein gesagt."
„Och menno. Lassen Sie uns heute wenigstens bissl früher raus?"
„Nein. Wir schreiben nächste Woche Schulaufgabe."
„Können Sie uns dann weniger Hausaufgaben geben?"
„Nein. Wie gesagt … Und wir sind mit dem Stoff weit hinten dran."
„Stoff, Stoff! Ich glaub, ich zieh' mir jetzt 'n Red Bull rein."
„Nix da, Benno. Du zappelst eh schon die ganze Zeit rum wie Heidi das Opossum auf Speed."
„Hä? Ich schiel doch gar nicht. Aber kann ich mir wenigstens Wasser aus

dem Wasserspender im Neubau holen?"
„Nein. Ich möchte jetzt anfangen."
„Gibt's eigentlich irgendwann mal Hitzefrei an dieser doofen Schule?"
„Nein, nicht, wenn's weniger als dreißig Grad im Schatten hat."
„Herr Schmied, darf ich mich heute neben die Meike setzen? Die Svenja ist auf'm Türkei-Austausch."
„Nein. Ich will, dass du aufpasst, und ich weiß, dass ihr nicht mehr aus dem Schwätzen rauskommt, wenn du neben der Meike hockst."
„Toll. Dann sag ich halt gar nix mehr."
„Soll ich noch die Tafel wischen, Herr Schmied?"
„Nein, das mach' ich nachher selber. Ich möchte jetzt erstmal, dass ihr eure Bücher aufschlagt."
„Kann ich beim Chris mit reinschauen? Wir bringen das Buch immer abwechselnd mit."
„Nein, ich möchte, dass jeder sein eigenes Buch dabei hat."
„Aber kann ich mir vom Chris wenigstens 'n Blockblatt geben lassen? Ich hab nämlich mein Heft nicht dabei."
„Nein, wir brauchen jetzt momentan kein Blatt. Wir lesen jetzt erstmal."
„Darf ich lesen, Herr Schmied?"
„Nein, wir lesen jetzt erstmal jeder für sich."
„O Mann. Darf ich wenigstens grad mal aufs Klo?"
„Nein, wir fangen jetzt an."
„Herr Schmied, kann ich die anderen Fenster auch noch aufmachen? Das ist so stickig hier."
„Nein, draußen ist es so laut, da kann man sich gar nicht konzentrieren."
„Soll ich denen sagen, dass sie leiser sein sollen?"
„Nein, die sind eh bald wieder weg. Außerdem: Wie sollen die

beim Fußball spielen leise sein, wenn ihr das noch nicht mal in 'ner Stillarbeit schafft?"

„Herr Schmied, können wir während der Fußball-WM später mit dem Unterricht anfangen? Manche Spiele fangen doch erst nachts an!"

„Nein, die Deutschen spielen doch eh immer bissl früher."

„Trotzdem! Ich will aber auch andere Spiele sehen."

„Dann nimm sie dir auf Video auf, Alberto, und schau sie dir am nächsten Tag an."

„Das ist doch sowas von langweilig, wenn man das Ergebnis dann schon kennt."

„Dann kann ich dir auch nicht helfen. Weißt du, als Nächstes kommt jemand an und will später zur Schule kommen, weil die W-Lan-Party so lang gedauert hat."

„Echt? Darf man das? Cool! Will ich auch!"

„Nein, darf man nicht."

„Und wenn man 'n Attest mitbringt?"

„Nein, auch dann nicht."

„Mein Papa hat sich vier Wochen freigenommen für die WM, und im Keller hat er 'n Riesen Beamer aufgebaut und 'n Kühlschrank für über 100 Bierflaschen, da will er jedes Spiel anschauen. Der schreibt mir bestimmt 'n Attest."

„Ist dein Papa Alkoholiker, Felix?"

„Keine Ahnung."

„Nach der WM ist er das bestimmt."

„O Mann, Herr Schmied, Sie sind immer so negativ."

„Nein, Felix, das stimmt nicht."

„Doch."

„Nein."

„Doch!"

„Nein!"
„Finden Sie unsere Klasse eigentlich nervig?"
„Ja!"
„Na also, geht doch."

Juli

Und bitte ordentlich abschließen

„Herr Schmied, gehen Sie heute Abend zur Abifeier?"
„Ich muss ja."
„Wieso?"
„Weil die Deppen mich eingeladen haben."
„Aber das ist doch voll nett. Haben Sie keinen Bock auf Feiern?"
„,Liebe Abiturientinnen, liebe Abiturienten, ich möchte Ihnen ganz herzlich zur bestandenen Reifeprüfung gratulieren und in Anlehnung an Ihr selbstgewähltes Motto A-Biertour de France bescheinigen, dass Sie nach 12 Jahren Brauzeit zu einem fränkisch-süffigen Meisterwerk gereift sind.'"
„Mhh, lecker, Bier saufen! Geil!"
„Wart mal noch 'n paar Jährchen, Tassilo."
„Mein Papa hat gesagt, er zahlt mir zwei Wochen Ballermann, wenn ich's Abi schaff'."

„Na, dann streng dich mal an."
„Mein Bruder hat nämlich heute seine Abifeier, und da schau ich mir das schon mal an."
„‚Als ich einigen von Ihnen nach Ihrer letzten Prüfung im Gang begegnet bin, habe ich Sie gefragt, wie Sie sich fühlen, jetzt, da alles vorüber sei, und Sie antworteten: Freiheit! Da habe ich mich gefragt: Freiheit wovon? Und Freiheit wozu?'"
„Was labert der?"
„Herr Schmied, was ist denn an 'ner Abifeier so schlimm? Das ist doch voll schön, wenn alle zusammen am Ende der Schulzeit nochmal miteinander Party machen."
„Na, wenn's wenigstens 'ne Party wär. Aber erst das ganze Gelaber am Anfang, das niemanden interessiert, dann Einlauf der Superstars, dann der große Fressflash und danach vielleicht noch 'n hastig zusammengeschnittenes Video der dämlichsten Saufszenen von den Studienfahrten, und wenn's hoch kommt noch die völlig überteuerte Abizeitung mit einer absurden Mischung aus narzisstischer Selbstbeweihräucherung, gefälschten Lehrerzitaten und beleidigenden Kursberichten, aber das war's dann auch. Okee, vielleicht noch'n bissl Tanzmusik, aber bloß nicht zu laut und bloß nicht zu lang, weil der Saal nur bis Mitternacht gemietet wurde. Früher, Kinder, haben Schüler, Eltern und Lehrer bis zum Morgengrauen zusammen gesoffen …"
„Stimmt das echt?"
„Nee, natürlich nicht, aber es gab zumindest schiefe Gesangseinlagen und langweilige Geschenke für die Kursleiter und bescheuerte Spielchen, bei denen die Lehrer gedemütigt wurden …"
„Na toll …"

„Hach, die guten alten Zeiten …"
„Klaro, Opa, erzähl vom Krieg."
„‚Ja, liebe Abiturientinnen und Abiturienten, wir lassen Ihnen hier optimale Bildungschancen angedeihen. Es liegt an Ihnen, diese zu nutzen. An dieser Stelle möchte ich meiner stellvertretenden Schulleiterin Frau Dr. Herzlein für Ihre tatkräftige und vertrauensvolle Zusammenarbeit und natürlich dem gesamten Kollegium für Ihre loyale pädagogische Arbeit an unserem gemeinsamen Projekt Schule danken. Sie haben es den hier versammelten Abiturientinnen und Abiturienten ermöglicht, mit offenem Visier ins Leben zu treten und zu sagen: Freiheit! Und Leistung!'"
„Hä? Was für Leistung, Herr Schmied?"
„Du hast völlig recht, David, was für Leistung? Sich stumpf irgendwelche Fakten reinknallen und sie in der nächsten Stunde wieder rauswürgen, um 'n Dreier oder Vierer abzugreifen, das ist keine Leistung."
„Wieso? Das muss man erstmal schaffen. Ich kann mir nix länger als fünf Minuten merken."
„Hast schon recht, Sebastian. Das zumindest bringen wir euch bei, wie Pawlow'sche Hunde zu funktionieren, halt mit Noten statt mit Glocken."
„Hä? Pafflaff? Wauwau? Glocken? Ich check' überhaupt nix."
„Ist egal, Carolin. Lern einfach die Begriffe auswendig. Das langt."
„Herr Schmied, wollen Sie damit sagen, dass man durch Auswendiglernen 'n Einser-Abi schafft?"
„Nee, Joshua, eher nicht. Wir haben ja auch'n paar richtig gute Leute in jedem Abijahrgang. Die sind meistens nicht nur gut in der Schule, sondern auch noch Schülersprecher und Tutoren, und sie spielen Theater, und sie singen im Schulchor, und sie machen bei der

Schülerzeitung mit, und sie sind cool, inspiriert, freundlich und entspannt, und sie gehen gern in die Schule. Das sind dann die, die wir am Anfang jeder Abifeier abfeiern mit Notenschnitt und donnerndem Applaus, aber eigentlich feiern wir uns selbst als Schule, als ob wir verantwortlich wären für diese Leistungen. Diese Schüler dienen uns als Feigenblätter, als Beweise dafür, wie toll unser System angeblich funktioniert. Aber die bräuchten uns als Schule kaum. Wer uns bräuchte, ist die große Masse der Schüler, der Mainstream, aber die erreichen wir nicht. Denen helfen wir, sich mit Minimalaufwand irgendwie durchzumogeln, aber mit Leistung, Bildung, Lust am Lernen, Inspiration, Erziehung zu Freiheit und Selbstverantwortung hat das wenig zu tun. Da hilft auch keine Schulentwicklung und kein G9 oder G15."

„Ja dann ist doch super!"

„Und, Herr Schmied, wie fanden Sie den Abischerz?"

„Du meinst, das gemeinsame Frühstück für alle im Pausenhof? Joah, seeeeehr gechillt."

„Ich fand's auch cool, Herr Schmied. Ich bin gleich heimgegangen, und meine ganze Klasse auch!"

„Deswegen kam der Abischerz auch bei der Schulleitung so gut an, kein Lärm, kein Schmutz, kein Wasserspritzen, kein Chaos. Deswegen, ihr Lieben, wenn ihr mal euren Abistreich plant, dann denkt dran: Am besten wär' zwischen 11.15 und 11.25 Uhr, und schaut, dass keiner was davon merkt."

„Das macht ja dann überhaupt keinen Spaß."

„Spaß, Spaß, wieso denkt ihr immer nur an euch? Es muss ein geregelter Ablauf des Schulalltags gewährleistet sein, und da müssen Partikularinteressen zurückstehen."

„Parti… was?"

„Au ja, Party, Party, das wird 'ne Party heut' Abend!"
„Wisst ihr was, Kinder? Irgendwie freu' ich mich doch auf den Abiball."
„Warum jetzt doch?"
„Weil das Buffet so lecker ist und ich voll Hunger hab."
„Mir ist schlecht, Herr Schmied. Darf ich mal raus?"

August

Raus mit euch!

„Herr Schmied, was machen Sie jetzt eigentlich in den Sommerferien?"
„Also, ich werd' heute und morgen meine Sachen hier aus der Schule mit nach Hause nehmen, sortieren, wegschmeißen und abheften, dann werd ich anfangen, den ganzen Krempel auf meinem Schreibtisch abzuarbeiten, die ganzen Klassenarbeiten für die Respizienz fertig machen, dann den anderen Kram anschauen, der in den letzten Wochen wegen der vielen Konferenzen und Zeugnisse und Pipapo liegen geblieben ist, dann erste Planungen für die Unterrichtsverteilung im neuen Schuljahr machen, mich um die Anschaffung neuer Unterrichtsmaterialien kümmern, Gespräche mit dem Sachaufwandsträger wegen des Erweiterungsbaus an der Sporthalle führen, dann den Pädagogischen Tag vorbereiten, die Nachprüfung für die Fast-Sitzenbleiber durchführen, die neuen Stundenpläne für Lehrer und Schüler entwerfen, und dann sind

die Ferien rum."

„Was? Sie haben überhaupt keine Freizeit?"

„Sie Armer!"

„Na, ich werd nicht Lehrer!"

„Was is'n des für ´n Scheiß?"

„Naja, vielleicht langt's für einen Tag im Sonnenstudio."

„Echt jetzt? Das ist alles?"

„Ach Kinder, bitte jetzt! Geht's noch? Ich bin Lehrer! LEHRER! Am ersten Ferientag mach ich die Fliege und komm am letzten Ferientag 20 Minuten vor der ersten Lehrerkonferenz wieder."

„Na, Lehrer müsste man sein!"

„Sie haben's gut."

„Und in den sechs Wochen werde ich in Italien jeden Abend Antipasti futtern und Chianti trinken und meinen Blick über die sanften Hügel der Toskana schweifen lassen und an euch denken."

„Ich werd beim Saufen auch an Sie denken, Herr Schmied, vielleicht schick' ich Ihnen auch 'n Selfie über WhatsApp."

„Bist du schwul, Hannes?"

„Hannes, du hast doch gar nicht meine Nummer."

„Doch, die hab ich noch von der Klassensprecherfahrt letztes Jahr."

„Dann lösch sie bitte, Hannes."

„Nö. Sonst kann ich Ihnen ja aus dem Urlaub kein Bild schicken."

„Wohin fährst du überhaupt?"

„Nach Österreich. Meine Oma wohnt da."

„Herr Schmied, ich fahr' nach Südfrankreich mit meinen Eltern."

„Cool, wir fahren auch nach Frankreich, aber in die Normandie, mein Vater mag die Hitze nicht so."

„Herr Schmied, ich mach 'n Sprachkurs in Südengland!"

„Prima, Ryan, du kannst es ja auch gut gebrauchen."

„Was?"

„Ich sagte, das wird bestimmt 'ne tolle Erfahrung."

„Ich fahr' in die Türkei, Herr Schmied, wie immer eigentlich. Ich hab da ganz viele Tanten und Onkels und 23 Cousins und 17 Cousinen."

„Das ist ja voll schön, Gülsen. Freust du dich, die alle zu sehen?"

„Schon, aber ich versteh da niemand. Die sprechen kein Wort Deutsch und ich kein Türkisch. Wir gehen dann immer shoppen."

„Herr Schmied, ich bleib' dieses Jahr daheim. Meine Mama muss die ganze Zeit arbeiten und kann nicht weg. Dafür hat sie mir 'ne Dauerkarte fürs Freibad geschenkt, und ich darf so lang fernsehen, wie ich will."

„Und dein Papa?"

„Meine Eltern haben sich vor zwei Jahren scheiden lassen, und mein Papa hat gesagt, ich soll in den Ferien zu ihm kommen, aber er hat 'ne neue Frau, und die kann ich nicht leiden."

„Wie ist es bei dir, Eugen?"

„Och, mein Papa hat gesagt, wir haben kein Geld und können deshalb nicht wegfahren. Ist mir aber auch egal, dann zock' ich halt die ganzen sechs Wochen."

„Herr Schmied, mein Papa sagt, ich soll die ganzen Ferien über jeden Tag mindestens eine Stunde Mathe lernen, weil ich heuer 'n Fünfer im Zeugnis hab'."

„Mathematik, immer Mathematik, überall Mathematik …"

„Na und, ich hätt' fast 'n Sechser im Zeugnis gehabt, und trotzdem muss ich in den Ferien nix machen. Meine Eltern haben gemeint, man kann nicht immer nur Schule im Kopf haben."

„Hmm, schwierig, Nico. Von selber wird deine Mathe-Note im neuen Schuljahr nicht besser. Auf der anderen Seite haben deine Eltern schon recht. Man muss diesen ganzen Schultrott auch mal aus dem

Kopf rauskriegen und Sachen machen, für die man sonst nicht so die Muße hat und die sich fast schon wie Relikte aus einer längst vergangenen Zeit anhören: Ein Buch lesen, auf Bäume klettern, tagträumen, Kirschkernweitspucken, am Waldrand zelten, einfach nur in der Sonne liegen, 'ne Wasserbombenschlacht machen, rumtrödeln, am Grillplatz ein Lagerfeuer machen, am See rumhängen, T-Shirts batiken, sich gegenseitig mit Fingerfarbe bemalen, Drachen steigen lassen, sich Pfeil und Bogen basteln …"
„Was labert der?"
„Bin ich Robin Hood oder was?"
„Was heißt ‚batiken', Herr Schmied?"
„Damit kannst du dein T-Shirt farbig machen, und die weiße Wäsche deiner Mama auch. Probier's mal aus, die wird sich freuen."
„Okee, Herr Schmied. Schöne Ferien dann."
„Danke schön, Patrick. Das wünsch ich dir auch. Bis in sechs Wochen dann."

Der Autor

Nicolas Schmidt wurde im kanadischen Ottawa geboren, wuchs im mittelfränkischen Lauf an der Pegnitz auf und studierte Englisch und Sozialkunde auf Lehramt in Erlangen, wo er nach einigen berufsbedingten, mehrjährigen Ausflügen in andere Städte heute noch lebt und arbeitet.
Nicolas Schmidt tritt seit über 20 Jahren als Musiker auf. Unter dem Pseudonym „Bybercap“ ist er seit 2005 bei Poetry Slams aktiv und war mehrfach Teilnehmer bei den Deutschsprachigen Meisterschaften.
Sein 2009 gefilmter Text “Fly like an eagle” mit der Lehrerfigur „Herr Schmied“ avancierte mit über einer Million Klicks zu einem der meistgesehenen Poetry-Slam-Clips auf Youtube.
Seit 2012 geht Nicolas Schmidt auch mit einem abendfüllenden Programm aus Slamtexten und Folksongs auf die Bühne.
Sein Erstling „Dem Herrn Schmied sein Tagebuch“ erschien 2013 als Buch mit CD in der Edition MundWerk bei Periplaneta.

www.bybercap.wordpress.com

Der Illustrator

Frederik Jehle wurde in Lindenberg im Allgäu geboren und studiert seit 2013 an der Hochschule Augsburg Kommunikationsdesign. Seine Schwerpunkte liegen im Bereich Illustration, Druckgrafik und Typografie.

Edition MundWerk

MundWerk ist Bühnenliteratur. Kurz, knackig, manchmal sehr lustig, durchaus auch schmerzhaft, mitunter frech und gern nonkonform. In dieser Edition erscheinen überwiegend Hybriden, also Bücher mit CD (oder umgekehrt). Die CDs sind auch als digitaler Download zu haben und die Bücher erscheinen auch als E-Book.
Bühnenliteratur ist anders, aber sie ist weitaus besser als ihr Ruf in den vermeintlich renommierten Literaturkreisen. Nichts hat die schreibende Zunft in den letzten Jahren so sehr beeinflusst, nichts kann so souverän zwischen Comedy, Kabarett, Popkultur und Literatur vermitteln. Und nichts ist mehr ansatzweise so „independent". Unsere Autorinnnen und Autoren sind Live-Literaten, viele sind als Poetry-Slammer unterwegs und/oder treten regelmäßig auf Lesebühnen auf.

Bookinganfragen: pr@periplaneta.com
Manuskripte sind immer gern gesehen: lektorat@periplaneta.com
www.mundwerk.periplaneta.com

Ebenfalls erschienen

NILS FRENZEL:
„Warum ich lieber mit einem Bauarbeiter in der Badewanne liegen würde als mit einer Jurastudentin“
Buch & CD, ISBN: 978-3-943876-86-4

Student, Ex-Zivi und Slam-Poet Nils Frenzel ist in seinen kurzen Texten nicht nur urkomisch sondern mitunter sehr selbst- und gesellschaftskritisch. Er philosophiert über Schildkröten, Heimkinder, Deutsch-Rap, Lappen, Fischstäbchen oder benachteiligte Existenzen einer tristen Großstadt. Und das ist manchmal auch eher tragisch als witzig. 36 Kurztexte gegen miese Vibes. Die CD enthält einen Live-Mitschnitt des Soloprogramms.

THOMAS SPITZER:
„Wir sind glücklich, unsere Mundwinkel zeigen in die Sternennacht wie bei Angela Merkel, wenn sie einen Handstand macht“
Buch & CD, ISBN: 978-3-943876-78-9,

Ein Slam-Poet stellt sich den ganz großen Fragen der Menschheit. Für die CD Produktion zeichnet sich Nikita Gorbunov verantwortlich, das Cover stammt von Kathrin Frank. Ausgezeichnet als “Ungewöhnlichster Buchtitel des Jahres“.

CHRISTIAN GOTTSCHALK:
„Vereinigung der Freunde des Münzfernglases“
Buch & CD, ISBN: 978-3-940767-78-3

In Christian Gottschalks Glossen, Geschichten und Liedern finden Alltagsbeobachtungen, lakonische Jugenderinnerungen, Albernheiten und hingeschluderte Kapitalismuskritik zu einem friedlichen Miteinander. Menschlich großzügig, aber sprachlich eher pingelig, befasst er sich mit Vicky Leandros’ Schlafzimmerblick, Teddybär-Anhängern am Rucksack, mit dem Wunsch nach Sex auf Flugzeugtoiletten oder suizidalen Paarhufern. Und natürlich mit Münzferngläsern.